LES

ON DIT

DES NOUVELLISTES;

Ouvrage utile à toutes les classes de Citoyens, aux Administrateurs, aux Représentans, aux Auteurs, et à tous les Journalistes qui ont besoin de pensées neuves;

SUIVIS D'UNE

LETTRE D'UN PIÉMONTAIS

A SON AMI A PARIS.

Prix : 5o centimes.

A PARIS,

Chez M.me ALLUT, libraire, rue de l'École de Médecine,
Et chez ROYEZ, libraire, rue du Pont-de-Lodi.

1815.

LES
ON DIT
DES NOUVELLISTES.

On dit qu'une nouvelle théorie de la législation, fondée sur des principes que la nature et la raison approuveront, va bientôt paraître, pour guider le pouvoir législatif.

On dit que l'on va sentir la nécessité d'abréger les longues formalités judiciaires, pour expédier les affaires plus promptement, et faire en sorte que la justice n'absorbe pas les fortunes particulières.

On dit que par de nouvelles institutions projetées, les maris deviendront constans et les femmes fidèles ; ce qui rendra très-inutiles les formalités sur le divorce.

On dit que la peine de mort sera généralement abolie en France, et que ceux qui l'auront méritée seront employés ou condamnés à des travaux publics et à une réclusion perpétuelle. Pour prévenir leur fuite, on leur imprimera une marque sur le front, par le tatouage. Cela empêchera le peuple de laisser ses travaux pour s'amuser à voir des exécutions sanguinaires.

On dit que la polygamie sera civilement tolérée, en faveur des sectes religieuses qui l'autorisent. Cela pourra favoriser la population, diminuer le nombre des femmes publiques, et donner une ressource aux filles qui ne trouvent pas de maris ; surtout quand les hommes sont rares.

On dit que les avocats et les avoués ne pourront se charger d'une cause évidemment mauvaise, et que pour les y obliger, la cour d'appel condamnera les délinquans à perdre leurs frais et à payer la moitié de ceux de la partie adverse.

On dit que l'on va surveiller toutes les professions, pour les perfectionner et les rendre plus utiles. Il faut croire que la besogne sera grande, car les abus sont bien multipliés.

On a dit, d'après Platon, que les choses naissent souvent de leurs contraires. Ce principe pourrait être soutenu même en politique, car le peuple, fatigué des désordres de l'anarchie, se donne facilement à des despotes civils, militaires et ecclésiastiques qui se liguent ensemble pour l'opprimer impunément.

On dit avec raison que, dans les temps d'anarchie comme dans ceux du despotisme, on parvient facilement à corrompre les membres du pouvoir exécutif, pour obtenir des priviléges exclusifs et arbitraires qui ruinent un grand nombre de citoyens.

On dit qu'il sera ordonné dans toute la France, d'enterrer les morts la face découverte, pour qu'on puisse les reconnaître et ne pas les enterrer vivans. On ne pourra les couvrir de chaux que quand ils donneront des signes de putréfaction.

On dit que certains journalistes seront obligés d'être plus vrais, plus conséquens et moins diffus. Ils feront usage de la plus scrupuleuse impartialité ; et pour avoir le droit de critiquer un ouvrage, ils seront obligés de le lire en entier. Enfin, malgré leurs préventions particulières, ils feront sur les livres nouveaux une analyse exacte. Jamais ils ne se permettront de n'en citer que des phrases isolées et tronquées pour leur prêter des erreurs ou des ridicules.

On dit qu'il y aura une société d'encouragement en faveur des auteurs, pour les exciter au travail. Cette société se chargera d'examiner les nouveaux ouvrages imprimés : d'acheter ceux qui lui paraîtront bons, ou de les faire annoncer avantageusement, pour en procurer la vente. Cette société pourra aussi se charger de faire imprimer les bons manuscrits des nouveaux auteurs.

On dit que la même société distribuera des prix à ceux qui auront perfectionné ou fait des découvertes utiles , ou qui auront répandu des idées libérales. Dans ces cas , la société déclarera que ces gens de mérite ont bien mérité de la patrie.

On dit que cette société d'encouragement donnera une prime annuelle à tous les journaux qui se distingueront par une impartialité scrupuleuse , et par de nobles efforts pour répandre les lumières, l'émulation et l'amour de la vérité ; mais ceux qui se vendront au despotisme civil et littéraire, seront dans cette société , rayés du tableau des journaux impartiaux, et ils perdront la prime promise.

On dit que les ci-devant souverains et ceux qui perdront leurs États en Europe, pourront avoir des indemnités dans le continent de l'Amérique. Les nobles pourront aussi obtenir des terres sur ce continent et dans les terres australes.

On dit que les principales nations qui ont des ports sur l'Océan , s'arrangeront avec les Mexicains pour percer l'isthme qui sépare le lac Nicaragua de la mer du Sud et qui n'a que trois lieues de largeur. Pour cet effet , les nations intéressées à l'ouverture de ce passage , fourniront des criminels de toutes couleurs qui seront envoyés sur ce lac pour y travailler.

On dit qu'aussitôt que ce passage sera ouvert , la navigation et le commerce y trouveront des avantages inappréciables. On pourra faire le tour du monde dans moins d'une année. On ira promptement en Californie et sur toutes les côtes de la mer du Sud , ainsi que dans les îles de cette vaste mer ; ce qui formera la plus brillante époque dans les annales du monde

On dit que l'Angleterre va généreusement rendre au gouvernement Français , l'île de France dont il ne peut se passer pour son commerce dans la mer des Indes. Cette île jointe avec quelques postes sur les côtes de Madagascar pourrait suffire à notre commerce dans cette mer. De là ce

commerce pourrait s'étendre sur les côtes de l'Abys-
sinie.

On dit que les colonies seront établies et régies sur un
nouveau plan économique, qui fera leur bonheur et celui
de la métropole.

On dit que la France ouvrira ses ports en Europe et dans
les colonies, à tous les étrangers qui prendront en échange
les produits de nos arts et manufactures. Le sucre et le coton entreront librement sans payer de taxes, parce que ces
deux matières premières sont importantes pour notre industrie.

On dit que l'on va établir des écoles de commerce, de
navigation et de finance, dans les principales villes maritimes,
où les jeunes gens qui se destinent au négoce et à l'arme-
ment des navires, ou à les commander, apprendront la géographie, l'astronomie, la géométrie pratique, et les usages
ou coutumes de tous les peuples.

On dit qu'à la paix générale, le gouvernement prendra des
mesures efficaces pour étendre la navigation, le commerce,
la pêche, les arts, la culture des Landes, la plantation des
arbres et les fabriques de toute espèce, afin de réparer les
forces de l'Etat, et donner de l'occupation à ceux qui en
manquent.

On dit que tous ceux qui inventeront ou perfectionneront
des choses utiles, ou agréables, seront récompensés pro-
portionnellement, lorsque l'usage aura confirmé leur utilité.

On dit que la fouille des mines et des carrières va être protégée par le gouvernement, pour donner aux ouvriers des
campagnes, lorsqu'ils ne sont pas à l'agriculture, les
moyens de soutenir leur famille. La population des campagnes doit être favorisée, parce que l'air y est plus sain que
dans les villes et que la main-d'œuvre y est moins chère.

On dit que chez les nations où les subsistances sont abon-
dantes, il y périt beaucoup moins d'individus par les maladies et la misère. On y élève un plus grand nombre d'enfans, et les célibataires craignent moins de se marier, par.

l'espoir qu'ils ont d'y vivre à leur aise. Ajoutons que les étrangers y viennent, par économie, dépenser leurs revenus.

On dit que le meilleur moyen de favoriser la population, c'est de procurer au peuple des moyens de participer, par son industrie, aux subsistances qui lui sont nécessaires.

On dit que par ces moyens, la population française s'accroîtra rapidement et qu'on pourra envoyer annuellement un ou deux millions de Français dans les colonies ou chez nos alliés, sans nuire à la population de la métropole.

On dit qu'un autre puissant moyen de favoriser la population française, c'est d'empêcher que des médecins peu instruits, et des charlatans, tuent un si grand nombre de malades.

On dit que les médecins seront obligés de soutenir des thèses savantes et lumineuses, sur la physiologie et le traitement des maladies. Toute espèce d'empyrisme leur sera défendu; et le haut prix de leurs visites sera réduit assez pour ne pas écraser les malades, les veuves et les orphelins.

On dit que le système de traiter les maladies va cesser d'être influencé par les caprices de la mode, et que tous les bons principes d'Hypocrate et de Gallien, seront remis en vigueur. On fera l'énumération générale des découvertes modernes qui ont réussi en Europe; et l'on défendra aux nouveaux médecins de s'en écarter.

On dit que le gouvernement établira des prix pour traiter les maladies des enfans, mieux qu'elles ne l'ont été jusqu'à present; ce qui sera l'un des meilleurs moyens de conserver ceux qui meurent en bas âge.

On dit que le gouvernement va réparer les maux que des erreurs politiques ont occasionnés, en opprimant la liberté, les jouissances agréables et l'industrie nationale. Ce n'est que par le travail que les hommes peuvent se procurer l'aisance parmi le peuple. Il est donc nécessaire de ne pas contrarier les travaux des familles industrieuses.

On dit que l'exportation des grains, chez les étrangers, ne sera pas permise que dans le cas où l'industrie nationale ne pourra autrement en tirer parti. Il en sera de même des vins qui ne seront vendus à l'étranger, que lorsqu'on ne pourra les distiller pour les convertir en liqueurs fortes.

On dit que l'on préparera de grands souterreins secs et obscurs, pour y déposer une grande quantité de froment et de seigle, dans les années d'abondance, afin de contrarier les vues criminelles des accapareurs.

On dit que l'on va faire baisser le prix de la main-d'œuvre et des choses de première nécessité, afin de faciliter les opérations du gouvernement ; parce que l'expérience a toujours confirmé qu'à mesure que les impôts s'accroissent, la recette du trésor public diminue ; et qu'il en résulte un renchérissement presque général, qui détruit l'industrie nationale.

On dit que des opérations de finance, bien entendues, sont capables de relever promptement un grand Etat affaibli par les guerres, le monopole , et les abus des autorités despotiques.

On dit que pour y réussir méthodiquement , on va établir une chambre de finance pour y discuter les meilleurs moyens de former des banques départementales , fondées sur un numéraire en circulation et sur les bénéfices certains, que des améliorations utiles peuvent fournir dans chacun de ces départemens.

On dit qu'on ne peut trop multiplier un bon papier monnaie, parce qu'il favorise les payemens , détruit l'usure, et donne les plus grandes facilités pour la circulation des fonds publics et particuliers. Il aide puissamment les entreprises de commerce , d'amélioration et d'embellissement.

On dit qu'avec le secours d'un bon papier monnaie, très-répandu , les fonds publics vont parvenir au *maximum* de leur valeur numéraire ; parce que le gouvernement actuel est intimement persuadé que les dettes les plus sacrées et les plus exigibles, sont celles que le pouvoir exécutif contracté sous la garantie de l'honneur national. Les administrations qui font banqueroute se déshonorent et détruisent le respect que l'on doit aux lois. C'est une violation du contrat social.

On dit que pour aider à payer les dettes de l'Etat avec promptitude, afin de l'affranchir des intérêts qui l'épuisent, le gouvernement français pourrait créer des billets nationaux négociables, pour la valeur de deux milliards. Ces billets, pour leur sûreté, auraient pour garantie les revenus de l'Etat, les biens nationaux invendus, les communes, les Landes incultes, les marais bons à dessécher, les terres coloniales, les dons patriotiques, etc.

On dit qu'un autre motif qui doit engager le gouvernement à mettre des billets d'état en circulation, c'est que les ouvriers, et généralement tout les artistes, trouveront de l'ouvrage pour ces billets. On enfouit l'or et l'argent; mais on cherche à se défaire du papier à mesure qu'on en reçoit.

On dit que pour étendre la circulation de ces billets nationaux, on en prêterait à des particuliers ou à des corps municipaux, sous cautionnement, pour les aider à payer des dettes, à faire des travaux utiles, en ville et en campagne, et des spéculations de commerce ; moyennant que les emprunteurs en payeront l'intérêt à cinq pour cent par an. Cet intérêt pourrait être payé en billets nationaux pour faciliter les emprunteurs.

On dit aussi que pour accréditer ces billets nationaux, ils seraient reçus jusqu'à la valeur d'un tiers dans les recettes et les dépenses de l'Etat : il n'y aurait que les sommes au-dessous de quinze francs qui seraient totalement payées en argent. Les plus petits coupons de ces billets seraient de cinq francs.

On dit qu'un gouvernement éclairé n'emprunte aux étrangers que le moins possible, parce qu'il se rend leur tributaire en leur payant annuellement des intérêts.

On dit que l'on peut contrarier les spéculations des nations étrangères, sans emprunter leur argent, qui n'est pour elles qu'une masse superflue sur laquelle elles ne peuvent bénéficier. On peut cependant emprunter aux étrangers, lorsqu'on sait qu'ils pourraient fournir des secours à l'ennemi; ou bien, encore, pour reconnaître des services reçus.

On dit que le crédit public peut devenir funeste au gouvernement qui l'emploie, parce qu'en faisant des emprunts sans nécessité, il se livre souvent à des dépenses folles et ruineuses.

On dit que la facilité de trouver des emprunteurs, qui payent de gros intérêts, encourage l'oisiveté des prêteurs, les mauvaises spéculations et les banqueroutes.

On dit que le prix de l'intérêt n'est point une règle infaillible de la prospérité ou de la pauvreté d'un Etat.

On dit que les droits-réunis seront parfaitement désunis et qu'il n'y aura plus de fouille chez les citoyens, parce qu'on les regarde comme opposées au gouvernement constitutionnel.

On dit que pour rendre la Suisse heureuse et tranquille, on en formera deux belles républiques, dont l'une sera sous la protection du roi de Wurtemberg, et l'autre sous celle de la France.

On dit que l'Angleterre comprend qu'il est important pour elle de se lier étroitement avec la France, vu la tournure que prennent les affaires politiques en Europe et en Amérique. De plus, elle sent le besoin qu'elle a d'entretenir constamment un grand commerce avec la nation Française.

On dit que pour mieux cimenter cette union, la religion Anglicane sera protégée dans toutes les principales villes de France.

On dit que les gouvernemens constitutionnels s'étendront peu-à-peu chez tous les peuples policés, et que les ministres d'Etat en seront bien satisfaits, parce que leur responsabilité les débarrassera des sollicitations de certains aspirans des deux sexes, qui les tourmentent pour obtenir des places non méritées, ainsi que des pensions sur le trésor public.

On dit que l'Angleterre veut balancer la puissance des Russes, dans le Kamschatka et la mer du Sud : elle sait que depuis les possessions Chinoises jusqu'au détroit de Béring, la Russie possède un grand nombre de ports où l'on peut secrètement faire construire des centaines de vaisseaux de ligne, puisque le bois, le brai, le chanvre et les mâtures n'y manquent pas. Le seul port de Tarena peut en contenir plus de soixante, et celui de Racova plus de quarante. Pour cet effet on établira beaucoup de chantiers de construction sur la côte de Botanic-Bay et près de la rivière Columbia.

On dit que le cabinet de Londres, doit bientôt fortifier toutes les côtes maritimes de l'Ecosse, pour les préserver d'une invasion étrangère par la Norwège.

On dit que l'Angleterre, embarrassée pour le moment du grand nombre de ses vaisseaux de guerre, va les employer à la pêche des morues, des harangs et des sardines. Le reste servira à transporter des émigrés allemands, suisses et autres en Amérique à l'île Ceylan et Botanic-Bay.

On dit que le gouvernement britannique, considérant que le roi de Dannemark se trouve un peu gêné en Allemagne, va lui proposer de faire un échange des possessions qui lui restent en Europe, pour le haut et le bas Canada en Amérique. Cette vaste contrée, jointe avec le Labrador et le Groenland, formerait un grand empire au roi de Dannemark. Cet échange conviendra également à la maison d'Hannovre, pour assurer la conservation de ses propriétés en Allemagne.

On dit que la France et l'Angleterre, réunies par des intérêts communs, prendront des moyens efficaces pour protéger la liberté et l'indépendance de toutes les nations qui ont des ports de mer et point de marine; afin de s'en faire des amis, des alliés, chez qui elles pourront étendre leur commerce. Pour cet effet, elles y enverront des ingénieurs, des artilleurs, de la poudre, des canons et des philosophes qui purifieront leurs cultes religieux sans les détruire.

On dit que ces deux puissances, étant d'accord, détruiront non-seulement la traite des nègres et la piraterie sur toutes les mers, mais encore l'ignorance et le fanatisme. Des instituteurs seront envoyés chez les principales nations du monde , pour y fonder des colléges où l'on enseignera les arts , les sciences , la langue française et la langue anglaise. De cette manière , on ne craindra plus l'éteignoir.

On dit que les prêtres de l'église Gallicane , pourront se marier comme ceux de l'église Grecque , afin qu'ils puissent obéir au premier commandement de Dieu : *croissez* et *multipliez.*

On dit que les ecclésiastiques de toutes les religions , pensionnés de l'Etat, ont résolu de se rendre utiles tous les jours de la semaine. Le dimanche ils prêcheront , chanteront et feront leurs cérémonies ordinaires ; mais les autres jours ils feront gratuitement l'école aux enfans des pauvres familles, afin qu'ils puissent lire la bible , les affiches et les gazettes.

On dit que tous les cultes religieux , protégés en France et en Angleterre, enseigneront que les trois œuvres les plus agréables à Dieu, sont celles de remplir les devoirs de son état , de planter un arbre utile et de faire un enfant.

On dit que pour diminuer le prix des parfums et des épices , et pour en étendre la consommation , on tâchera de les naturaliser dans toutes les colonies anglaises et françaises.

On dit que ces denrées seront même cultivées au Senégal , à Gambie et à Sierra-Léona. Les gommiers d'Afrique seront aussi naturalisés dans la Guiane, à Saint-Domingue et à la Jamaïque ; ainsi que des colonies de Loxias, qui font leurs nids sur le Gommier.

On dit que l'on enverra dans la haute Guiane et sur les bords de l'Orénoque , des colonies de chameaux et de dromadaires pour le service de ces pays sabloneux.

On dit que Pétion , président de la république de Haïti , ou Saint-Domingue, se soumet au gouvernement français qui lui donnera une forte pension et des titres honorifiques. Tous les officiers de son armée conserveront leurs grades.

On dit que dans la partie du nord de Saint-Domingue, l'empereur Christophe s'est fortifié dans les Mornes , et qu'il ne veut pas se rendre ; mais on commencera par s'établir à

Samana, à la Tortue et au Môle Saint-Nicolas. De ces lieux fortifiés, avec quelques navires de guerre, on bloquera les insurgés dans cette partie du nord; on fera de temps en temps des descentes pour les affaiblir, et l'on conservera les grades militaires à tous ceux de ses nègres qui se soumettront aux Français.

On dit que les insurgés de Santo-Domingo ne veulent pas se soumettre, mais on y enverra les Espagnols qui sont en France et qui ne veulent pas rentrer en Espagne. Ceux-là détermineront les autres à rentrer dans leur devoir avec une capitulation honorable.

On dit que dans toute l'île de Saint-Domingue, les Français, en se servant de la charrue pour labourer et sarcler, n'auront pas besoin de nègres pour y cultiver le coton, le café, le cacao, le tabac, les vivres, le sucre et l'indigo.

On dit que les marins, fatigués du service de mer, se livreront à l'agriculture dans cette île fertile, où les frimas ne se font jamais sentir. Il en sera de même des vétérans accoutumés à la chaleur du climat.

On dit que l'on formera des hospices dans les Mornes, où la jeunesse des deux sexes, venant d'Europe, pourra dans les deux premières années, s'accoutumer au climat, aux vivres, aux usages et aux travaux du pays.

On dit que l'Afrique occidentale peut devenir très-importante pour le commerce de l'Europe. Depuis le détroit de Gibraltar jusqu'au Sénégal, des peuples blancs et d'autres basanés, montrent beaucoup d'énergie pour l'industrie et la profession des armes.

On dit que le roi de Maroc et les régences d'Alger, de Tunis et de Tripoli, sont très-portés pour former dans leurs pays, une constitution représentative, afin de réprimer l'ambition des généraux et gouverneurs de provinces, d'assurer la durée d'une longue dynastie de princes souverains; et enfin, pour s'identifier dans les intérêts politiques de l'Europe.

On dit que les trois régences ci-dessus ont connaissance

du grand lac d'Afrique, où se décharge le Niger, qui est un des plus grands fleuves de cette partie du monde. Les bords de ce lac sont habités par des nations nombreuses et riches, avec lesquelles les Abyssins faisaient autrefois un grand commerce.

On dit que les nouvelles récentes de l'Afrique, annoncent que les puissances barbaresques sont très-disposées à renoncer à la piraterie et aux subsides qu'elles exigent des nations chrétiennes; moyennant qu'on leur achète les denrées coloniales qui viennent dans leur pays, ainsi que les produits de leur industrie, et qu'elles recevront en retour des objets manufacturés en Europe.

On dit qu'à Sierra-Leona, la belle nation des Foules aime toujours les Français, avec lesquels ils voudraient faire un grand commerce de denrées coloniales, de gomme, de poudre d'or, et de dents d'éléphans; mais ils voudraient que les Français leur aidassent à réprimer la férocité des nègres, qui sont au sud de leur pays. On pourrait y faire passer quelques régimens de nègres libres, tant de Saint-Domingue, que de la Guiane et des Etats-Unis.

On dit que la brave nation des Bérébères montagnards, est toujours mécontente du despotisme des gouvernemens africains. Elle voudrait qu'une heureuse révolution rendît les puissances barbaresques plus libérales et moins tyranniques. Elle voudrait même que le commerce sur les esclaves nègres fût aboli dans toute l'Afrique, tant par mer que par terre.

On dit que les Abyssins desirent une communication plus franche et plus libre avec les Européens, sous des conditions. La première, c'est de leur acheter les productions territoriales de leur pays; la deuxième, c'est de n'y envoyer aucun missionnaire pour les troubler dans l'exercice de leur religion. La troisième, c'est de leur fournir de puissans secours pour détruire les Galles, sauvages qui les oppriment jusqu'au centre de leur Empire.

On dit que pour rendre les déserts de l'Afrique plus accessibles et plus peuplés, il faudrait y envoyer de l'Europe les meilleurs sourciers, pour y découvrir les sources cachées sous terre. D'après leurs indications, on creuserait un grand nombre de puits qui feraient la fortune de ces pays pauvres et inhabités.

On dit que pour achever de peupler ces vastes déserts, il faudrait y multiplier le génévrier et tous les arbres résineux qui peuvent réussir dans les terreins sabloneux, afin que d'autres végétaux plus petits puissent y trouver un abri, ainsi que les oiseaux et les quadrupèdes : ce qui attirerait la pluie sur ces terreins devenus boisés. L'eau des puits y deviendrait meilleure, la chasse y serait abondante, et les armées de sauterelles qui y naissent présentement disparaîtraient.

On dit qu'il faudrait commencer par former de grandes routes sur les lieux les plus élevés de ces déserts, parce qu'il est à croire que les couches de sable y sont moins profondes. On y rencontrerait peut être des couches de terre cultivable quand on y creuserait des puits ; alors, on y formerait des entrepots pour le passage des caravanes.

On dit que pour multiplier les arbres en Europe, dans tous les terreins arides où ils ont été anciennement détruits, on donnera de grands encouragemens pour y faire de nouvelles plantations ; soit en bois de construction, soit en arbres à fruits. Cela rendra l'Europe plus riche et plus peuplée.

On dit qu'à la naissance d'un enfant, dans une famille aisée, on plantera un arbre sous son nom ; et que si cet arbre meurt, il sera remplacé par un autre jusqu'après le décès de l'individu pour lequel il aura été planté. Le mort aura le droit d'être enterré auprès de cet arbre, où l'on mettra son épitaphe.

On dit que pour faire fondre les nouveaux glaciers des Alpes et des Pyrennées, on plantera près de ces glaciers des lisières de grands arbres de haute futaie pour abriter ces glaciers des grands vents et pour y attirer les pluies d'été qui hâteront la fonte des neiges et des glaciers ; ce qui rendra les lieux élevés beaucoup plus tempérés. Quand les glaciers seront fondus, on plantera sur les terreins desséchés, des pins, des sapins et autres arbres, pour que les glaciers ne se renouvellent pas, et que certains naturalistes, mauvais observateurs, ne disent plus que le globe terrestre se réfroidit.

On dit qu'en France toutes les communes qui sont en landes incultes, seront arrentées à des sociétés d'agriculture qui ne borneront pas leurs travaux à faire ou à écouter des mémoires. Ces sociétés feront cultiver ces landes ; et celles qui seront les moins fertiles seront plantées en forêts ou en taillis.

On dit qu'il sera ordonné dans tous les départemens, de planter un rang d'arbres de chaque côté des grandes routes, et même des petits chemins. On y creusera un fossé pour former une haie sur le talus ; ce qui améliorera le terroir.

On dit que l'on va beaucoup multiplier les arbres à fruits ; principalement les mûriers, noyers, amandiers, cerisiers, pruniers, pêchers, abricotiers, châtaigniers, pommiers, poiriers et hêtres. On tirera un grand parti des bois et des fruits.

On dit que l'on va ordonner de planter des arbres aquatiques utiles, sur le bord des étangs, lacs, rivières et fleuves pour abriter le petit poisson, lui donner des lieux de refuge contre la voracité des gros poissons, et pour lui fournir de la nourriture par les feuilles, les fleurs et les insectes qui tomberont de ces arbres. Par ce moyen simple, la France deviendra aussi munie de bons poissons qu'elle l'était du temps des Gaulois : ce qui augmentera sa population.

On dit que le gouvernement actuel ne négligera aucun des moyens de réparer les maux que les longues guerres ont fait à la France. C'est dans cette vue que les Suisses, les Allemands et les Polonais qui voudront vivre sous nos lois seront accueillis et protégés dans les départemens où ils voudront se fixer ; soit pour l'agriculture , soit pour d'autres arts.

On dit que les Grecs de l'empire Turc et les Arméniens seront aussi reçus en France , où ils pourront librement exercer leurs religions. La même faveur sera accordée aux citoyens des Etats-unis et à tous les habitans de nos anciennes colonies françaises , soit des continens , soit des îles.

On dit que pour étendre davantage cette protection du gouvernement français, tous ceux qui arriveront avec des propriétés, pour s'établir en France , ne payeront aucun droit d'entrée pour ces propriétés, si elles consistent en des navires, en vivres, en métaux, en monnaie d'or ou d'argent, et en denrées coloniales.

On dit que dans tous les départemens, les maires et les curés de campagne devront envoyer aux sous-préfets un échantillon de toutes les productions minérales qui s'y trouvent, afin de voir si l'industrie peut tirer un bénéfice de quelques unes de ces productions. Les sous-préfets feront passer aux préfets ces collections étiquetées. On fera aussi mention de la nature des terres , de celles qui peuvent convenir à la poterie ; des tourbières , charbons de terre , etc.

On dit que pour rendre les départemens plus tranquilles et plus industrieux , on procurera de l'ouvrage à tous les ouvriers et journaliers , dans les campagnes comme dans les villes : on les employera à des travaux publics et particuliers.

On dit que les villes du premier rang en France, jouiront des mêmes priviléges que Paris , pour la liberté de la presse , l'établissement de toutes sortes d'arts et manufactures.

On dit que les principales villes des départemens seront proportionellement embellies comme la capitale. Il en sera de même des grandes routes et des ponts que l'on multipliera pour donner plus d'énergie au commerce intérieur.

On dit que toutes les plus belles fontaines de France vont être encore rendues plus belles par l'art, autant que le local le permettra. De ce nombre sera celle de Vaucluse, la Castalie des Gaulois où les anciens Bardes allaient composer leurs poëmes héroïques , sous des portiques et de vieux chênes consacrés à Jupiter , ou dans des allées de lauriers consacrés à Apollon : c'est là que, dans des temps postérieurs , Pétrarque venait chanter ses amours pour la belle Laure.

On dit que les fontaines que forment les sources du Loiret seront également embellies. Les deux plus grandes se réunissent, comme celles d'Aréthuse et d'Alphée : elles ont une profondeur merveilleuse et d'autres particularités remarquables.

On dit que la fontaine de Nismes , autrefois consacrée à Diane , sera rendue plus belle par les colonades que l'on doit y construire. Il en sera de même de la fontaine de Dax et de toutes les autres qui méritent d'être embellies.

On dit que les belles antiquités de la France seront réparées et rendues utiles au public : ce qui attirera dans ces lieux les curieux étrangers. Il en sera de même des lieux où l'on va prendre des bains d'eau minérale.

On dit que les embellissemens de Paris vont s'y multiplier dans tous les quartiers , et que l'on ouvrira une centaine de nouveaux passages pour les gens de pied , afin de leur éviter l'embarras des voitures, et de raccourcir leur chemin. Pour cet effet , le gouvernement accordera dix ans de franchise aux propriétaires qui les feront faire.

On dit que quatre autres édifices semblables à celui du Garde-Meuble , seront construits sur les deux côtés de la place de la Concorde ou de Louis XV , c'est à dire, du côté des Tuileries et du côté des Champs-Elysées , afin de rendre cette place moins champêtre , et de pouvoir placer dans les édifices les bureaux de tous les ministres-d'état, pour la commodité du public et du gouvernement : cette place , dans l'état où elle se trouve, a l'air d'un champ de foire.

On dit que l'on va construire sur le Cours-la-Reine un vaste palais qui s'étendra depuis la place de la Concorde jusque sur l'allée d'Antin : dans ce palais siégera la cour des pairs, etc. Deux colonades embelliront cet édifice ; une du côté de la Seine et l'autre du côté des Champs-Elysées ; ce qui rendra cette promenade plus fréquentée.

On dit qu'il sera construit une maison royale sur le Loiret. Il y aura un grand parc qui renfermera des vignes, où, tous les ans, la cour ira s'amuser dans le temps des vendanges. Comme des sources célèbres forment cette rivière près d'Orléans, le commerce et l'industrie de cette ville en profiteront.

On dit que le palais du Luxembourg, à Paris, sera augmenté considérablement pour y mettre l'Institut et tous les cours de philosophie et de mathématiques. On y placera aussi le cabinet d'Histoire Naturelle et la ménagerie pour la commodité des jeunes étudians qui passent trop de temps à se rendre au jardin du Roi. Le cabinet sera près la rue d'Enfer.

On dit que dans les bas jardins du Luxembourg on fera des enclos commodes pour y placer tous les animaux vivans. On y verra toutes les variétés d'oiseaux, de quadrupèdes, de quadrumanes, et jusqu'à des reptiles.

On dit que dans l'enceinte de ce palais, consacré aux sciences et aux beaux arts, sera une bibliothèque considérable, formée de celle de l'Institut et autres, pour la commodité des étudians qui sont trop éloignés de la grande bibliothèque.

On dit qu'on enseignera dans ce palais divers systèmes philosophiques, afin que les élèves puissent adopter librement celui qu'ils trouveront le plus raisonnable, ou le mieux prouvé ; car si la liberté des cultes doit être autorisée dans un bon gouvernement, celle des opinions philosophiques doit l'être également. Ainsi, l'on enseignera dans ce palais le système du vide, celui du plein, le léibnitianisme, et jusqu'au péripatétisme corrigé par les nouvelles observations.

On dit que l'Observatoire sera commun à toutes les écoles philosophiques, pour que chacune puisse y faire des observations. On y multipliera les instrumens d'optique, et les meilleurs télescopes de l'Europe s'y trouveront ; on proposera même des prix pour perfectionner ces instrumens importans.

On dit que derrière l'Observatoire sera une cour terminée au sud par une superbe rotonde ornée de colonnades, et assez haute pour être au-dessus des brouillards et brumes qui troublent l'atmosphère au-dessus de Paris ; afin que dans la belle saison les observations astronomiques puissent être mieux faites.

On dit que cette rotonde aura le nom de *Méridienne*, et qu'on la verra de douze lieues à la ronde : elle marquera notre premier Méridien.

On dit que le jardin du Roi sera totalement consacré à la botanique et aux leçons données sur cette science. Le principal bâtiment sera prolongé pour y loger des gens de mérite, sans fortune, ou parvenus à un âge avancé. Des savans, des artistes qui ont instruit la jeunesse, ou qui se sont distingués dans les sciences, les arts et la littérature, méritent autant la reconnaissance de la nation que les anciens militaires.

On dit que les professeurs qui donnent des leçons publiques de phisique, chymie et autres sciences, supprimeront leurs tableaux de calculs pour ne pas distraire et ennuyer les élèves : ils se borneront à dire qu'ils ont des notions d'algèbre et de géométrie, afin que ces élèves le sachent.

On dit que ces professeurs prieront modestement les élèves de réserver leurs claquemens de mains pour les bons acteurs et actrices de la comédie.

On dit que les professeurs chercheront moins à surprendre, amuser et faire rire les élèves qu'à les instruire méthodiquement, avec précision, en termes clairs et familiers.

On dit que ces professeurs, en fait d'hypothèses, exposeront sans partialité à leurs élèves le pour et le contre, afin exercer leur propre jugement pour discuter les opinions et chercher sincèrement la vérité.

On dit que pour perfectionner la géographie, on fera un

établissement au Spitzberg, peuplé de Groenlandais ou d'Esquimaux, qui ont le talent de se creuser des souterrains, pour y passer l'hiver. Comme ce peuple est navigateur, il fera en été la découverte des terres les plus voisines du pôle Boréal.

On dit que l'on fera un pareil établissement aux îles Malouïnes et aux terres de feu, pour découvrir et peupler toutes les îles les plus voisines du pôle Austral.

On dit que le rapport des Bédiaguls, sur l'intérieur de la nouvelle Hollande, est enfin confirmé. On était surpris de ne trouver aucune rivière navigable sur les côtes de ce vaste pays ; c'est qu'au milieu il existe une mer salée, où se rendent un grand nombre de rivières qui arrosent l'intérieur de ce pays. Ces rivières ont leurs sources dans les hautes montagnes qui bordent les côtes de cette grande île.

On dit qu'il est possible d'arriver sur cette mer intérieure par le grand golphe de Carpentarie. C'est par là que des peuples blancs sont parvenus à s'établir sur les rivières qui s'y rendent. On prétend que les descendans de ces peuples blancs sont encore très-industrieux et policés.

On dit que l'île la plus méridionale de la nouvelle Zélande qui est déserte, pourrait être habitable sur les côtes par un peuple troglodite, comme le sont les Esquimaux. Ce pays doit offrir des choses curieuses sur la minéralogie et la géologie : il faudrait y creuser des puits très-profonds.

On dit que les puissances maritimes sont disposées à renoncer à faire la guerre par mer ; parce que ces puissances considèrent qu'elle peut devenir trop cruelle par l'usage des fusées incendiaires, des mitrailles goudronnées et soufrées, des boulets élastiques embrâsés, etc ; et comme par ces moyens on pourrait détruire leur marine, elles préféreront de n'attaquer que des pirates.

On dit que les sectes chrétiennes ne pourront plus envoyer des missionnaires protestans et autres chez les insulaires de la mer du Sud, parce qu'ils y causent des troubles en voulant introduire de nouvelles religions. Il ne sera permis que d'y envoyer des savans et artistes pour achever de policer et d'instruire ces braves insulaires qui sont d'un grand secours pour les navigateurs qui fréquentent cette vaste mer.

On dit qu'en France tous les ultramontains qui ne reconnaitront pas les libertés de l'église Gallicane, seront destitués de leurs emplois civils et ecclésiastiques.

On dit que les réglemens sur les spectacles prendront une nouvelle forme : qu'il y aura une direction générale pour se charger d'examiner les nouvelles pièces dramaticales, et qui jugera de celles qui doivent être jouées en public. On en écartera toute espèce de cabales, et du moment de la réception, les auteurs auront leur entrée libre au spectacle où leurs pièces seront jouées.

On dit que la direction générale des spectacles se fera livrer tous les répertoires pour en faire une sage distribution, en donnant au théâtre qui manque de pièces dramatiques, celles que l'on néglige de jouer.

On dit qu'il y aura trois théâtres pour les grands et petits opéras à Paris : on y pourra jouer des poëmes dialogués et mis en musique dont le sujet sera tiré de la mythologie, de l'histoire de toutes les nations et même de la théologie ; ce qui établira une rivalité entre les artistes, afin de perfectionner le jeu des acteurs et les talens des compositeurs.

On dit qu'il y aura encore trois théâtres pour la tragédie, la comédie et les vaudevilles. Chaque spectacle aura un certain nombre de chanteurs pour amuser le public dans les entr'actes, ou bien quelques danseurs de caractères ; ce qui rendra ces spectacles plus amusans.

On dit qu'enfin il y aura dans cette capitale, trois spectacles d'un prix très-modéré, où l'on jouera des farces, des pièces à tiroir et des pantomimes.

On dit que tous les petits ports de mer seront améliorés en France ; qu'on y excitera l'industrie, la pêche et le cabotage : on y fera aboutir des canaux et des grandes routes autant qu'il sera possible, pour favoriser le commerce intérieur et extérieur.

On dit que la ville de Nîsmes était un port très-fréquenté dans la haute antiquité. On peut y creuser des canaux de communication avec le Rhône et procurer à cette ville un commerce maritime.

On dit que la Tour-Magne de Nîsmes sera réparée pour en faire un observatoire : cette ville devrait avoir un jardin du Roi et une ménagerie : c'est l'ancienne Nemausus, ou Nemoz, dédiée à Diane. Tous ses antiques monumens devraient être réparés.

On dit que la ville d'Arles devrait aussi être embellie, et ses monumens réparés : son enceinte était autrefois plus considérable ; son port pourrait être rendu meilleur, en nétoyant les embouchures du Rhône.

On dit que le port de Vendre et Bayonne seront débarrassés des sables qui comblent les bassins et nuisent au commerce.

On dit que Blaye, par sa situation, mérite d'être encouragé et d'avoir une forte garnison. On établira dans ses environs des chantiers de construction : dans la ville sera une école de marine et un hôpital.

On dit que la ville et le port de Royan vont être rétablis. Cette ville, autrefois considérable, fut détruite sous le règne de Louis XIII : on y pêche de bonnes sardines, et l'on peut y creuser un bon port : des jetées pourraient le garantir des sables.

On dit que le port de Paimbeuf sera défendu par une bonne citadelle construite sur un banc de sable qui est vis-à-vis, presque au milieu de la Loire : la ville même peut être facilement fortifiée ; on la nommera Havre-Français et l'on y amènera de l'eau par un aqueduc.

On dit que l'on bâtira une nouvelle ville près de l'entrée de la rivière Vilaine, en Bretagne. Les vaisseaux de ligne peuvent déjà y entrer avec le secours d'un bon pilote.

On dit que la baye de Quiberon va exciter l'attention du gouvernement, et que son entrée sera défendue par de bons forts. Comme il y a d'excellens mouillages, on y établira plusieurs chantiers de construction : la pêche y est abondante , et ce lieu peut devenir important pour la marine.

On dit que le port de Landernau , près de Brest , sera rendu plus important par les travaux que l'on y doit faire : on y établira des corderies et des forges , où l'on pourra forger les ancres les plus grosses ; il y aura aussi des fonderies , etc.

On dit que le port de Morlaix sera fortifié et creusé depuis la ville jusqu'à son entrée : ce port marchand peut devenir beaucoup plus considérable qu'il ne l'est , ainsi que ceux de Saint-Mâlo , Granville , Cancale , etc. L'Orne pourrait être creusé et rendu plus navigable jusqu'à Caen.

On dit que tous les nègres libres , arrivés en France , seront envoyés au Sénégal et à Sierra-Leona , pour commencer à y former deux superbes colonies qui enrichiront la France : on leur donnera des terres *gratis* et des vivres pour une année ; on leur apprendra incessamment à se servir de la charrue pour faciliter la culture des cannes à sucre , de l'indigo , du coton , etc.

On dit que toutes les personnes qui ont perdu leur fortune dans la révolution de Saint-Domingue , pourront obtenir , par indemnité , des terres *gratis* au Sénégal et à Sierra-Leona , sans en excepter celles à qui il reste encore des terres dans cette île.

On dit que la même faveur sera accordée aux négocians français qui ont perdu leur fortune par la révolution de Saint-Domingue , ou à leurs enfans s'ils sont décédés : ils pourront faire établir ces nouvelles habitations par leurs chargés de pouvoirs , s'ils ne veulent pas y aller eux-mêmes.

On dit encore que l'on concédera des terres *gratis* dans ces colonies à tous les administrateurs et employés du gouvernement qui passeront dans ces colonies africaines ; afin de les intéresser à la prospérité de ces nouveaux établissemens.

On dit que tous les particuliers qui ne sont pas compris dans le nombre des personnes ci-dessus , seront obligés de payer ces terres, s'ils veulent en obtenir du gouverne-ment.

On dit que ces nouveaux établissemens, en Afrique, étant bien administrés, rapporteront cent fois plus de bénéfice à la France , qu'elle n'en a reçu de toutes les traites des nègres esclaves et de leurs travaux dans les colonies de l'Amérique.

On dit que les principales villes de ces colonies africaines seront établies dans les lieux les plus sains et les plus fertiles, afin d'y placer plus avantageusement les autorités civiles et militaires ainsi que les colléges , hospices et autres établisse-mens pnblics.

On dit que toutes les terres marécageuses seront dessé-chées par des fossés d'écoulement ; et qu'on y plantera des bananiers, des cannes à sucre, des cannes de maïs , des bam-bous et autres végétaux utiles propres à les affermir.

On dit que ces colonies étant bien établies, seront d'un grand secours aux malades qui ont besoin d'un climat chaud pour se rétablir; tels que ceux qui sont attaqués de la goutte, des douleurs rhumatismales , de paralysie , de consomp-tion , etc.

On dit que les vieillards , en général , peuvent prolonger leur existence en passant la mer dans la belle saison pour se fixer sous la Zône torride et sur des terres élevées. La cha-leur naturelle qu'ils y trouvent et leur conduite paisible et réglée, les fait vivre long-temps sans éprouver ces incom-modités qui affligent la vieillesse dans les pays froids.

On dit que dans ces climats, les nuits y sont plus belles que les plus beaux jours dans nos climats glacés ; les arbres y sont toujours verts , la terre y produit trois ou quatre récoltes chaque année ; les fruits y sont très-rafraîchissans et ont une saveur des plus agréables. Les côtes maritimes y sont tous les jours rafraîchies par un vent réglé qui vient de la mer , etc.

On dit que pour la prospérité de ces colonies, elles ne se-ront taxées que de trois manières ; 1.ᵉ par la vente de pa-pier timbré ; 2.º par les droits d'entrée et de sortie qui seront modiques; 3.º par le vingtième du produit annuel des denrées coloniales.

On dit que dans chacune de ces colonies on établira une banque sur un nouveau plan qui fera prospérer le pays et qui procurera au gouvernement un revenu annuel aussi grand que celui des trois taxes susdites.

On dit que toutes les colonies où il n'y aura pas d'esclaves, il en coûtera peu au gouvernement pour défendre ces colonies contre les invasions étrangères, et pour les faire prospérer; parce que les hommes libres y seront assez nombreux pour les défendre, et que le peuple y deviendra plus laborieux et plus industrieux.

On dit que bannissant l'esclavage de ces contrées, elles deviendront fortunées. Elles s'embelliront et se peupleront rapidement. Le contentement du peuple le rendra joyeux, divertissant et très-humain; tellement, qu'à la troisième génération, ces pays retraceront l'image des Champs-Elysées, du jardin d'Eden, de celui des Hespérides, et autres lieux célébrés par les poëtes de la haute antiquité.

On dit que dans ces heureux climats, le peuple n'a besoin pour se vêtir que de chemises et de pantalons qu'il peut faire lui-même en coton. Il se eouvre la tête d'un chapeau de paille qu'il sait également faire. Il peut se bâtir une maison dans une journée, et sa nourriture ne lui coûte presque rien en vivres récoltés dans le pays.

On dit que les enfans nés dans les climats chauds préfèrent ces vivres à tous ceux que l'on y transporte de l'Europe. En cela, ils suivent l'impulsion sage de la nature; car ces vivres frais et récoltés dans ces contrées, sont plus sains que ceux qui sont préparés dans nos climats. Le suc de cannes, le tafiat, le rhum, et l'eau-de-vie de pêches, leur permettent d'y faire toutes sortes de liqueurs, ratafias et confitures avec les fruits naturels au pays.

On dit que les fruits murs y sont si savoureux, qu'avec du jus d'oranges, de citrons, d'ananas, etc., on peut y composer un nectar délicieux. Les grenades et les coins y sont si sucrés, qu'il faut aller dans ce pays pour le croire.

On dit que la terre y est si productive, qu'une lieue carrée peut nourrir quatre fois plus de monde que pareille étendue de terre en France.

On dit que l'île de Haïti ou Saint - Domingue, ayant des marais desséchés et des plaines basses très-fertiles, peut produire assez de vivres du pays, pour nourrir dix millions d'âmes, y compris le produit de la pêche, de la chasse et des animaux domestiques.

On dit que l'aisance, le contentement et la douceur du climat sont si favorables à la population dans ces contrées, que tous les vingt ans le nombre des individus y double, à moins que des lois oppressives ne s'y opposent. Les familles y sont nombreuses et les enfans faciles à conserver.

On dit que les maladies y sont beaucoup moins multipliées que dans les pays froids. Elles y sont aussi plus faciles à guérir ; tellement, que ceux qui sont infectés de maux vénériens trouveront un grand désavantage à quitter ces pays chauds pour venir se fixer dans les meilleures contrées de l'Europe. Il en est de même pour beaucoup d'autres maladies.

On dit que si les fièvres, le tétanos et le flux dyssentrique y font des ravages, c'est le plus souvent la faute des médecins et de ceux qui soignent les malades. Des cases peu aérées, des vêtemens étouffans et les imprudences de ceux qui, ayant très-chaud, boivent des liqueurs très-froides, occasionnent les plus dangereuses maladies.

On dit qu'il est facile de composer un traité médical à l'usage des pays chauds, qui conserverait un peuple immense dans ces climats, parce que ce traité enseignerait le meilleur régime à observer, les préservatifs nécessaires et les traitemens les plus sûrs pour guérir promptement les malades.

On dit que ces climats chauds sont si avantageux pour les maladies, qu'à la rigueur on pourrait s'y passer de médecins, Avec peu d'instruction sur l'art médical, chacun pourrait se traiter soi-même, et ses amis. Il n'est donc pas sur-preuant que les peuples de Barbarie sachent se passer de médecins ; si nous en croyons ceux qui ont écrit sur ces belles contrées africaines.

On dit que l'on va multiplier en France la race des chiens qui ont le poil lé plus fin , le plus long et le plus frisé, pour les tondre tous les printemps au profit de quelques manufactures qui en feront des draps, couvertures, chapeaux et matelas.

On dit qu'il sera proposé aux chimistes une grande ré-compense pour perfectionner l'usage du feu grégeois et ses grands effets contre les pirates et autres tyrans des mers , afin de n'avoir plus de ports bloqués et de villes bom-bardées.

On dit que l'Institut national va encourager tous les artistes pour perfectionner les arts à un degré inconnu jusqu'à ce siècle. Pour cet effet , il commencera par proposer un prix considérable à celui qui fera un papier aussi solide et aussi impénétrable à l'eau que celui que les guépes fabriquent dans la composition de leurs nids.

On dit que pareille récompense sera donnée à celui qui découvrira une composition liquide capable de se coaguler en passant par des filières, et de former une soie ar-tificielle aussi forte que celle que les vers à soie nous four-nissent.

On dit qu'il sera proposé une pension à celui qui fera le plus bel ambre artificiel avec de la colophane, du gallipot ou de la thérebentine. Il faut que cet ambre artificiel attire aussi fortement les corps légers que l'ambre naturel et la co-lophane. La pension sera plus forte à celui qui donnera à cet ambre artificiel la couleur et l'éclat du nacre de perle , afin d'en faire qui soient préférables aux perles naturelles, les-quelles n'ont aucune odeur.

On dit qu'un prix plus considérable sera donné à celui qui découvrira la fabrique d'un émail nacré capable de vernisser les surfaces polies du marbre blanc et de s'y incruster de manière à les rendre capables de résister aux injures de l'air.

On dit que celui qui composera un liquide capable de s'incruster dans le tuf, pour lui donner plus de blancheur et plus de dureté , aura une bonne récompense.

On dit que l'Institut national récompensera généreusement celui qui trouvera le secret de peindre en miniature les vitres en verre de bohême , et d'y fixer le trait en toutes couleurs , pour rendre les appartemens plus ornés.

On dit qu'il en sera de même pour ceux qui feront les meilleurs tamtams chinois pour augmenter le bruit dans les concerts, les fêtes, les danses champêtres, les églises catholiques et la musique militaire.

On dit que le biscuit de porcelaine peut être teint dans sa masse par des couleurs très-vives et durables ; ce qui rendrait ce biscuit précieux pour les lapidaires.

On dit que la porcelaine de Réaumur teinte de ces couleurs, pourrait imiter le grenat, le rubis et autres pierres fines colorées. Il en serait de même de la porcelaine de Saxe que l'on aurait rendue plus dure par le moyen du plâtre.

On dit que l'on va proposer un prix très-considérable à celui qui fera du platine artificiel avec de l'émeril, de la mine de cuivre , de la mine d'étain , etc.

On dit que, pour réussir à faire des métaux artificiels, il faut toujours employer la mine de fer; parce que la terre ferrugineuse est le premier rudiment de la métallisation. Le soufre , l'arsenic et les substances phosphoriques doivent être employés dans ces curieuses recherches.

On dit qu'on donnera une forte pension à celui qui trouvera la manière de composer artificiellement l'amiante ou lin incombustible , avec de l'alun de plume , des substances talckeuses, du sel marin, de la glaise, etc.

On dit que l'on récompensera ceux qui découvriront le moyen de tirer un parti très-avantageux des râpures de corne et d'ivoire par des dissolvans et demi-dissolvans , capables de réunir en une masse homogène toutes les parties qui ont été râpées.

On dit que celui qui trouvera le moyen de décolorer la corne et de lui donner la transparence du verre de cristal, aura bientôt sa fortune faite.

On dit que la glaise et la marne triturées long-temps et fortement, en les humectant de temps en temps avec de l'eau de mer, parviennent à former une pâte nutritive qui peut sauver la vie du peuple dans un temps de famine.

On dit que quatre onces de chaux vive suffisent pour bonifier une barrique d'eau douce dans un navire. Cette eau perd son odeur et son mauvais goût dans moins d'une heure après le mélange.

On dit que pour rendre l'eau de mer potable, il suffit d'y verser de l'alun calciné et de la poudre de charbon, dans certaine proportion que l'expérience indiquera. Après cette première purification, il faut y joindre des acides végétaux et du sucre qui en feront une douce limonade, laquelle, étant reposée, deviendra très-agréable à boire.

On dit que quand on manque d'eau douce dans un navire et qu'on ne peut rendre l'eau de mer potable, il suffit, pour étancher la soif, de se baigner tout le corps dans la mer, ou dans une baignoire remplie d'eau de mer; alors la peau absorbe un pur flegme qui se sépare du sel marin; ce flegme passe de la peau dans les autres parties du corps par l'effet de l'attraction.

On dit que les trois règnes peuvent se convertir l'un dans l'autre par des préparations; et qu'ainsi les substances minérales peuvent devenir végétales; et qu'enfin ces dernières peuvent devenir animalisées; comme il arrive dans le corps des herbivores.

On dit que la nature a différens moyens de produire des animaux et des végétaux. Il n'est pas vrai qu'elle ne puisse en produire que par la génération et des semences toutes formées. Les semences et les fluides générateurs sont journellement produits dans les matrices et liqueurs appropriées.

On dit dans les États-Unis d'Amérique, que si le feu a

incendié une forêt de pins, ce ne sont plus ces arbres qui y croissent, mais seulement de petits chênots, dont la racine est implantée dans une bulbe produite récemment sur la racine d'un pin. Ces chênots sont tous rabougris, petits, difformes ; mais au bout de trente à quarante ans, ils commencent à produire des glands, lesquels venant à germer et à croître, produisent de beaux et grands chênes de haute futaie. Ainsi les chênes provenant de semences, diffèrent de ceux qui naissent d'une bulbe.

On dit dans le même pays que si l'on défriche et laboure un terrein fertile, il y pousse naturellement une immense quantité de pourpier, quoiqu'il n'y en ait jamais eu avant le labourage. Beaucoup d'autres observations prouvent que la nature tend à diversifier et multiplier ses productions végétales.

On dit que les animalcules qui naissent fortuitement dans les infusions de plantes et autres liqueurs, peuvent grossir et donner naissance à des insectes qui s'en nourrissent.

On dit qu'en jetant un peu de farine avec du miel et du pollen, soit dans le vinaigre, soit dans les infusions de plantes, il s'y forme de petits reptiles aquatiques, de diverses formes, qui peuvent se perpétuer par la génération.

On dit que la poussière des étamines ou le pollen, contient un principe générateur pour les substances animales comme pour les substances végétales. Il ne faut qu'y joindre du miel et quelquefois de la cire vierge qui n'a pas passé par le feu. Dans les infusions végétales, ces petits insectes et reptiles aquatiques se nourrissent des animalcules qui naissent dans ces liqueurs.

On dit que le pollen ou poussière des étamines, peut produire artificiellement des végétaux en jetant une pincée de pollen dans un suc végétal quelconque, au moment où il est versé dans une caisse remplie d'une terre que l'on a fait bouillir dans une quantité d'eau suffisante, pour détruire outes les semences que cette terre contenait. Chaque suc

végétal produit une plante analogue à celle d'où l'on a ex-
primé ce suc. Toutes ces belles expériences peuvent jeter
un grand jour sur l'énergie de la nature.

On dit qu'en raison de cette énergie, les plus petits
atômes sont engendrés journellement et détruits comme les
individus des règnes animal et végétal. Le feu détruit les
atômes les plus solides et les fait dissoudre dans l'étendue
non solide; mais le fluide aérien est la matrice universelle
où la nature produit journellement des atômes solides et
fluides qui servent à la composition des substances terrestres
et aqueuses.

On dit que de cette maniere l'univers est entretenu et
qu'il ne finira jamais; parce que la succession des temps, ou
la durée, n'aura point de fin.

On dit que, sous dix ans, il paraîtra une comète merveilleuse qui donnera de l'inquiétude au peuple et du dépit à
certains astronomes. Une prodigieuse quantité de calculs
tombera dans l'oubli.

On dit que si tous les physiciens veulent se perfectionner
dans la logique, la métaphysique et la cosmogonie, le secret de la nature sera bientôt découvert en France; ce qui
rendra notre nation à jamais mémorable, malgré tout ce qu'on
a fait pour l'anéantir.

On dit enfin que le second voyage des alliés à Paris, va
changer la politique des puissances de l'Europe. Les souverains voient que le pouvoir absolu de Napoléon ne l'a pas
garanti de la plus violente chute, et qu'une constitution li-
bérale peut seule assurer le repos des dynasties souveraines.
Ils voient qu'il faut peu compter sur le cœur humain quand
les vertus sociales ne le dirigent pas. Ils voent enfin qu'il est
plus glorieux d'être les pères de leurs sujets que d'en être les
despotes. En conséquence, les codes civils de toutes les na-
tiions vont s'améliorer.

LETTRE

D'UN PIÉMONTAIS

A SON AMI A PARIS.

Turin, le 1.er Septembre 1815.

Pour répondre à ta dernière lettre, je t'avouerai franchement, mon cher ami, que nous ne sommes pas très-satisfaits de notre situation. Nos braves militaires et l'élite de notre jeunesse soupirent pour la guerre, parce qu'elle est à-peu-près leur seule ressource. Nous n'avons ni colonies ni commerce maritime qui puissent offrir à notre industrie les moyens de s'exercer : ainsi nos arts ne peuvent s'élever à un état brillant. Si nous pouvons nous défaire de notre superflu, ce ne pourra être qu'à des étrangers qui profiteront de notre situation pour exercer un monopole décourageant. En ne formant qu'une petite nation, que pouvons-nous espérer de la fortune ? La carrière militaire nous offrira peu de lauriers à cueillir : et ceux qui quitteront leurs foyers, pour exercer leur industrie, se verront contraints de passer dans un pays étranger où ils ne pourront jouir des priviléges accordés aux nationaux. Notre commerce intérieur borné à notre petit état ne peut manquer de rester languissant.

Avant la campagne de Moskow, le succès des armées Françaises nous énorgueillissait; mais à présent, il ne nous reste
que la crainte d'être envahis par l'Autriche qui nous traite-
rait à la façon allemande. Les Français avaient plusieurs
raisons pour nous traiter en frères ; 1.º comme descendus
des anciens Gaulois; 2.º comme habitans d'une frontière
fortifiée par la nature et l'art; 3.º comme parlant un langage
italien mêlé de beaucoup de mots français. Nos mœurs, nos
usages sont les mêmes , à peu de chose près, et nous avions
la satisfaction de partager les ressources de cette grande nation. Ce n'était pas sans vanité que nous voyions partir nos
députés pour Paris, où ils devenaient membres du Corps-
Législatif. Enfin, quoique nous ayons un bon souverain,
nous craignons qu'il ne se laisse influencer par des gens
imbus de certaines maximes et attachés à de vieux préjugés
qui pourraient troubler notre tranquillité. Dispense-moi de
pousser plus loin mes réflexions sur ce sujet.

Les Génois sont encore moins satisfaits que nous : ils
prévoient que leur commerce maritime sera très-borné,
et que leur commerce intérieur le sera encore davantage.
Leur réunion au Piémont leur déplaît souverainement, et ils
aimeraient mieux former une république aristocratique
comme autrefois. Cette réunion ne les garantira pas de la
piraterie des puissances barbaresques. (1) Leur industrie ,
contrariée de toutes manières , les obligera de se répandre
dans les pays étrangers pour fuir l'indigence. Il n'en serait
pas de même s'ils étaient réunis à la France : leur commerce
et industrie deviendraient florissants et ils ne craindraient
plus les pirates africains. Un petit Etat trouve toujours de
grands avantages à se réunir à un grand Etat qui ne mé-
connaît pas les intérêts du peuple et qui adopte des prin-

---

(1) La Porte vient d'ordonner à ces puissances Africaines, de respec-
ter le pavillon autrichien : mais il est à craindre que cette sécurité ne
vienne à être troublée par de nouveaux incidens.

cipes libéraux. Un tel Etat est propre à faire le bonheur général des provinces les plus éloignées de la métropole : lesquelles jouissent de la plus grande sécurité , comme portion d'une grande puissance qui peut aisément résister aux barbares qui voudraient l'envahir. Il est plus que vraisemblable que toutes les personnes les plus éclairées , chez les petites nations voisines de la France , pensent de cette manière. Il n'en est pas de même des petites nations voisines d'un grand Etat absolu , où le peuple n'est compté pour rien par des castes élevées et tyranniques : leur réunion à cette grande puissance ne pourrait qu'exciter un sentiment de désespoir et d'indignation. Heureusement pour les Français, qu'ils ont un Roi bon et juste, qui voit qu'il est plus glorieux de régner sur un peuple éclairé et libre que sur un peuple ignorant et esclave.

D'après ces considérations , la France et l'Angleterre pourraient entrer en arrangement avec notre souverain pour lui donner le Portugal en échange de tous ses Etats. Le Roi du Brésil recevrait en échange du Portugal un vaste pays voisin du Brésil et composé de la Guiane française et de la Guiane Hollandaise : ce qui arrondirait ses états et lui formerait un vaste empire en Amérique. Alors, l'île de Sardaigne passerait sous la domination de l'Angleterre , et la France prendrait possession du Piémont , du comté de Nice et de l'Etat de Gènes. Voilà , mon cher ami , l'arrangement que je crois le plus convenable entre la France, l'Angleterre , le roi de Sardaigne et le roi du Brésil.

Je suis , etc.

De l'Imprimerie d'Abel LANOE , rue de la Harpe , n.° 78.

COUPLETS MORAUX.

A UN SOUVERAIN.

Au suprême pouvoir méprise le flatteur :
Cet ennemi caché te déteste en lui même.
Toujours il se revêt d'une fausse couleur.
D'un vrai Caméléon il nous paraît l'emblême.

AUTRE.

Méfie-toi du bonheur,
La fortune est volage.
Au sein de la grandeur
Consulte encor le sage.

A NOS CONCITOYENS.

Vivons tous comme des frères,
Bornons sagement nos vœux.
Soyons justes et sincères,
Nous en serons plus heureux.
Et quand la Parque inflexible
Donnera le coup mortel,
Nous irons, l'âme paisible,
Dans le repos éternel.

A UN STOICIEN.

C'est justement que l'on censure
Les durs principes de Zénon.
Du bon philosophe Epicure
Tu dois écouter la leçon.
Pourquoi passer une vie dure ?
Pourquoi réprimer le désir ?
Quand la bienfaisante nature
Nous prescrit d'aimer le plaisir.

A UN EPICURIEN.

Je respecte les Socrates,
Et je hais les Stoïciens.
J'admire les Spartiates ;
J'aime mieux les Athéniens.
Plus soumis à la nature,
Ils écoutaient la raison.
Admirateurs d'Epicure,
Ils en suivaient la leçon.